타탄체크리스마스와 회피뉴이어

타탄체크리스마스와 회피뉴이어

1판 1쇄 발행 2023년 3월 26일

저자 박하(peppermintyeon)

편집 김다인   **마케팅·지원** 이진선

펴낸곳 (주)하움출판사   **펴낸이** 문현광

이메일 haum1000@naver.com   **홈페이지** haum.kr
블로그 blog.naver.com/haum1000   **인스타그램** @haum1007

ISBN 979-11-6440-331-8(03810)

타탄체크리스마스와 회피뉴이어

시작하며

일생에 한 번 꽃을 피운다는 이오난사
트리처럼 초록색 잎을 붉게 물들이는 그 애를 흠모하고 선망해
차광된 천장에서 무심히 크고
마음을 여러 개로 쪼개서
때가 되면 모체를 죽이고 독립하는 녹엽종

작년의 과오를 이파리에 새기며
문드러진 뼈대를 꼿꼿이 세우며
도배 장판을 새로 한 집을 선사해
먼지 한 톨 없는 창틀 앞에서 볕을 들였는데
역시 길어봤자 네 계절이 안됐다

지구를 번식시켜
일주일짜리 시간이 가지 치는 여러 세계를 만들어
기공을 열어 붉었던 기억을 흡수하고
다가올 새해를 배출하고 싶어

차례

2부.　12월과 1월 사이

3부. 2월의 이사

4부. 에필로그 - 보일러실

올해 마지막 일주일 사이에 골라줬으면 하는 이틀이 있어

1부 작년의 동심시대

여름잠 자는 산타

찾아 바꾸기 기능을 눌러서
기어코 듣는 타닥타닥 타자 소리
산타는 쓰인 적이 없대

핀란드에는 산타 공급에 문제가 생겼대
양말을 두고 주사를 맞으러 갔다지
우리가 어디든 함께 들어갈 수 없는 것처럼

음소거를 누르고 영화를 선별해
사람들은 배리어프리를 찬양하면서
그게 왜 배리어프리인지 몰라
농인이어야만 자막을 볼 수 있는 건 아닌데

내막이 궁금하지 않았어?
다행스럽게 현존하는 마음의 여유
톤암이 딱 카트리지를 이동시킬 만큼 우수한 감도
캐럴을 들으면서 대사를 읽어봐

어제오늘 오르골 구간
버벅대는 음질이 무마시키는 사연들
전 구간 태생이 인상 깊었다는 듯

바깥에서 안쪽 둘레로 갈수록
양탄자의 해진 끝이 보여
좋아하는 구간에서 추락한다 해도
톤암을 한사코 뒤로 젖혀

스케이트 날의 연륜
레코드판을 상하지 않게 하면서도
스크래칭을 듣는 방법을 찾아보고 있을게

좋은 소리를 만났을 때 행복감이 있어
완벽한 음질을 기대하는 건 아니야

산타는 순번제로 돌아와
12월 31일과 1월 1일의 차이처럼
줄곧 돌아오는 겨울을 기다렸어
12월의 1월 준비보다
11월의 12월 준비에 설레길 바라

기상 후 신겨진 양말에

최상의 행복을 박을 거야

그해부터 지금까지

나중에 좋아하는 사람들을 한데 모아
근사한 저녁을 먹으면 좋겠다
아마 서로가 너무 비슷해서 놀랄 거야

말하지 않으면 모른다 주의
그래서 당신이 내 친구인 거야?

낙낙한 말씨와 모래 묻은 악수
해악을 해학으로 물들인 모든 삽질을
선뜻 선의로 봐줄 수 있는 것이 동심

사진을 간직하고 돌아보고
다시 또 찍자는 아량과 배포가 큰 것도,
그래 우리는 동심을 공유하는 사이

구구절절함을 구차하다고 여기지 않는 소신
오히려 생소년들에게 가끔 부족한 것이 동심

지혜가 동심을 보살필 때
지금을 그리워하는 어른 소년이 되겠지

포크질 직전의 케이크를 더듬어
동심을 물려주고 싶어
내 아이에게,
저금통 뜯어 은행에 달려가는 정도의 꿈속이라도

삼촌, 우리 엄마는 젊었을 때도 행복했나요?
아이가 물을 수 있게

그리 아늑하지 않은 곳에서
가장 근사한 소나기를 내리는 자
청춘은 동심이 잉태한 명장면
젖은 어깨에도 우선순위는 있겠지만

우린 수많은 결혼식을 함께 할 거야
소나무색 테이블보를 얹은 둥근 식탁에 앉아
포도즙과 육즙을 눈물처럼 흘리며

여전히 군것질은 식후 습관

약속 목록에도 즐겨찾기가 있다면 추가되는 사람도 종종 생겨나

혼자 있고 싶으면서

이 세상 모든 사람과 친해지고 있는 내가 감당 안 돼

언제 끝날지 장담 못 해도 어떻게 죽는지는 알아

평생을 머무르거나

잃어버리거나

숨겨 살거나

죽기 전에 무심결이 어울리지 않는

구원자를 찾아가렴

크리스탈 선캐쳐가 빗속 처마에 걸려있는 날로

꿈을 많이 꾸던 빌라

운세를 볼 때면 두 사람 몫을 봤다. 그때는 그런 것들이 잠들기 전 기분을 좌우했던 것 같다. 천장만이 내 마음을 거르지 않고 읽을 수 있었다

백색 사슴

보이지 않는 것을 보려면

또 한바탕의 시간이 필요하다

그러나 누군가 눈에 보이는 것 그대로를 믿게 만든다면

당신은 백색의 사슴을 찾은 것인지도 모르겠다

잎사귀를 들추겠다고 분주히 페달 밟는 사람의 발에 가속도를

풀고 마는

마녀 배달부

그녀는 눅눅한 걸 좋아해
오래 재운 시리얼
비 오는 창가 옆에 온돌바닥
메이플 시럽 왕창 때려 박아 눌어붙은 팬케이크
좋아하는 향을 원 없이 맡는 것처럼 느껴진대

농축된 친구를 편애해
대부분 2년 주기로 보면서
주말마다 생사를 확인하는 이가 따로 있어
최신화할 소식이 방대하면 쉽게 들뜬다나 뭐라나

전형적인 왼손잡이 AB형 여자애
신념이 확고한
좀비가 휩쓴 서울에 홀로 남아도
단호히 인연을 끊을 것 같이

서슴없이 뱉는 걸 지적해
문신한 취객은 방탕하고
몇 개비가 남았나 세는 이는 개선 기미가 없어 보여

그 입에서 나오는 나무람들은 죄다 편견인걸
그녀는 자각해 그래서

내 자유라며 방임해
기꺼이 고칠 수 있는데도 하릴없게

그녀에게 편집이 있었으면
조금 더 나빠질 잔머리 같은 것이

국어책을 또박또박 읽듯이 자주 보내는 안부
진실로 부끄러워야 하는 건 그런 게 아니라고
안부를 물었을 때 분명해진대
남겨야 할 이유, 혹은 헤어져야 할 이유가

개들이 개들끼리 교감하는 것을 보며
그들의 언어를 분석해
긁는 발과 할퀴는 발톱이 다르다
그들 머릿속에는 특별한 분류체계가 있대
정직한 것들은 호운을 몰고 온다나 뭐라나

그녀를 누구에게 소개해 주기 겁나
가졌다 잃어본 게 이미 있는 것 같거든

허문 경계선에는 일수를 맞추듯
끝인사가 드나들어
하얀 전화번호부엔 숫자가 늘지도 줄지도 않아
가장 눅눅해질 번호에 시기가 나

램프워킹 토치

유리로 만든 아이스크림을 쥐여주고 싶어
깨물면 선분홍 피가 나오는
그럴 작정이었어
결국 난 그걸 핥아 먹다가 병에 걸렸잖아
바닥에 흥건한 피가 알려주길
녹아내리는 건 불가능에 가깝대
코팅된 귀걸이와 비교할 수 없는 다이아몬드
어쩌면 평생을 찾아 헤매도 다시 돌아갈 수 없을 거야
견과류 카라멜 푸딩을 유리그릇에 놓고 전자레인지를 돌려
펑,

해변을 내려가는 길에 펭귄을 보면 말해줘
난 정말
다이아몬드 섬에 가고 싶었다고

언어 사전

모든 사람이 나이를 먹으면 다른 이의 가치관을 존중하고, 너그러운 신사 숙녀가 되는 줄 알았다. 오늘 되지 못한 신사 숙녀는 내일도 사생아로 태어난다. 나긋나긋한 할머니의 말은 말을 예쁘게 하는 소녀에게서 태어났고, 인자한 할아버지의 표정은 상대의 음성을 존중의 눈빛으로 바라보는 소년에서 출발했다

사람들은 저마다 고유 언어 사전을 지니고, 매일 타인의 사전을 정독한다. 유창한 영어를 위해 외국인 친구를 사귀는 것처럼 말과 눈빛은 쉽게 물드는 것이라 국적과 분위기를 바꿔놓기도 한다. 모국어도 고향을 잃을 수 있다. 몇 단어만 되풀이되는 척박한 사전에는 잃어버린 시간이 많다

사어가 실린 최신 사전을 찾아서 돌아다녔다. 그를 모아 눈빛을 바꿔볼 요량이었다. 누구로 늙어가고 싶은지 알고 있었다

가사 팝니다 I

- 곡제목: 부뚜막에 올라

*Avril Lavigne [Sippin' On Sunshine]를 가이드곡으로 개사한 곡. 현
시집에는 전문을 싣지 않아 음악과 함께 감상 시 음절 및 구간이 생략
된 부분이 있을 수 있음

[Verse A]
너를 찾아 뚜벅, 어디야 두리번
내 레이더망은 너만 조준해, OOO OO
딱 눈에 알겠어, 태가 나는 뒷태
나만 알게 넌 포위되곤 해, OOO OO

[Bridge B]
비집고 겨우 옆자리에, 껑겨 앉아도 뿌듯한걸
나는 네 졸졸졸 꽁무니, 누구도 못 막아

[Sabi C]
저기, 수도꼭지처럼, 조절이 더 안 돼
얌전한 내가 다, 부뚜막에 올라

이건, 멜로영화처럼, 수위도 없는걸

순진한 내가 다, 부뚜막에 올라

    hey (부뚜막에 올라) hey 부뚜막에 올라

[Sabi C']

저기, 수도꼭지처럼, 콸콸 새는 맘이

얌전한 내가 다, 부뚜막에 올라

다른, 어느 영화보다, 쿵쾅대는 맘이

순진한 내가 다, 부뚜막에 올라

    hey 부뚜막에 올라(ho) / hey 부뚜막에 올라

    (부뚜막에 올라) (부뚜막에 올라) *(올라올라올라올라올라올라oh)*

    hey **(어서어서 올라)** *hey 부뚜막에 올라*

    hey **(냉큼냉큼 올라)** *hey 부뚜막에 올라*

*거래조건: 일 년 치 행복을 걸 만큼 사랑스러운 이가 부를 것

*멜로디 맞춤 가사 변경 가능. 단, 제목 및 핵심어 유지함

게스트하우스 할머니

과거의 광영이 현재, 미래까지 오면
뜀틀은 구름판 높이로
새 친구를 사귀기에

모든 사람과 친구가 되려면서
더 가진 것에 안심하는 학벌주의자를 봤어

직업의 귀천은 없다며
주변 인사들을 거들먹대는 건
무사히 새어 나오는 위선
젊은 사장이 단골손님을 꾀려 반말을 하는 것처럼

클로즈업하기 전 언변술사는 매력적이야
진면목은 종국에 누수된다네
생방송에선 지나간 가품이 작은 손안에서 들통나듯

더 나은 사람은 언제든지 찾아져
콘센트 멀티탭이 깔린 것처럼

굳이 없는 곳을 찾겠다면 없을 수도 있는
전류가 멈춘 그곳은
구름판이 뜀틀 높이로

방전된 배터리는 네 꿈을 갉아먹는단다

이다음에 되고 싶은 건 사랑이 헤픈 할머니
세계 모든 이들과 테라스에 앉아
코믹스럽던 연애담을 들려주는

젊었을 때 무얼 배울 수 있는지 알려주기
무얼 배우지 말아야 하는 지도
누굴 만나서 무얼 배우고 잃었던지도

이국의 할머니와 담소 나눈 추억을 남겨주기
더 많은 것들을 경험하고 이룩해야겠지
그들이 귀 기울일 수 있게

기다려줘
키즈모델이 어울리는 할머니를
벨벳 슈즈를 고집하다, 별안간

자수 스웨터가 쌓인 자개 옷장을 활짝 열어 보여주는
베레모를 쓰고 산책 나가선 강아지를 보고 주저앉은
저승에서 할 일을 계획하고
별난 시를 써서 하트 모양 입술로 웃을

그녀가 꿈꿨던 말년도
과거의 광채가 단서
다만 본질만을 얘기할 것을 선서해
한때 모든 공중자세가 부끄러웠던 아이처럼

한글과 컴퓨터

꿈결을 투과 못 하는 아이가
자판을 건반처럼 두드려 쓰는 문서
　'드.라.이.플.라.워
　예.쁘.고.오.래.가.는
　직.인'

현관에 박제된 꽃은
사랑의 페스티벌 그 잔해
시들지도 촉촉하지도 않은 토속 장신구
깃털로 좋은 꿈을 꾸게 하고
거미줄로 악몽을 잡아준다는
어느 인디언 마을의 지혜를 남용한다

오래된 동반자에게 생긴 만년 깃털
어디에나 있는 잉크와
초고속 시대에 걸맞은 심통의 삽시간 이동

그들의 분감이 내심 부럽다

예쁘게 호흡이 없는 곳에
심호흡을 가다듬으니
공기가 앙상한 뼈를 문지른다

당신의 정기적 귀순에 추출되는 나의 전기
불완전한 안정을 발판 삼아
완전한 관계를 찾아가는 이의 뒷모습

  '낭만.을 배울 적절한 나.이를 놓치지 말 것'
넌 죽기 전에 울 시간이 필요해

창문 있는 방을 고르면서
커튼은 갈아본 적 없는 투숙객
처음 묵는 잠자리가 익숙해지면
밤을 새운 창이 대신 꿈도 간직한다

흐드러지게 밝아오는 하루
차곡차곡 모은 꿈
  '드.라.이.플.라.워
  예.쁜.채.울.수.없.는
  낙.관'

막차

연초 인사발령이 남아있고
연말정산도 안 된 1월
올해 며칠의 휴일이 있는지 세 봤어
부랑자가 되지 않으려고

독일의 23살과 30살 커플
우리집 1층에서 한 달 살이 하는 야닉과 엠마는
지하 카페로 달려온 정오마다
숙취가 없어 보여

귤청 맛이 나는 티백, 5% 알코올 음료
집으로 돌아갈 때 내 손에 쥐여준 것들
사랑받아 본 사람들만이
사랑을 줄줄 아는 건 아니라고 믿고 싶어

풀밭에 드러눕는 사진이 많더라
비니를 쓰지 않으면
천연 곱슬이 뒤엉키는 야닉은

7년을 건축 공부에 매진하곤
2년의 아침 식사 때문에 한국에 왔대
한 철 유행인 바라클로바를 쓴 엠마를 따라서

이번 설이 지나면 비자가 끝날지도 몰라
건축사무소에 넣은 이력서 열다섯 통 중 세 개의 답장
한국어를 구사해야 합니다

눈이 녹기 전에 서둘러 스키장을 다니는
야닉의 눈에는 양가감정이 있어
처음 입국하던 비행기 안에서처럼
엠마는 알 수 없는

어학연수 중 한 카페의 스탬프를 모은 적이 있어
10번 이상 가놓고 다이어리에 꽂은 채 귀국했지
근데, 좋아하는 애가 그 나라로 이민 간다네
종잇조각을 미련 없이 건넬 수 있을까

우리 모두 백야를 그리워해
9시만 되도 빨리 취하는 게 유행이래
자정의 세포분열 규칙

통금이 없다 해도 그걸 잊은 지 오래야

2년 동안 참은 해역 고기잡이 살이
무용담을 받은 귓갓길엔 용기가 생겨
맥주와 와인 건배사가 다른 말괄량이들아
나 홀로 다른 걸 외치고 있었어

두렵지만 항상 웃어
불안이 전염되길 원치 않아

화법

엄마

엄마도 교실 칠판에 이런 걸 적어봐

"마음 나누기란 먹을 것을 함께 나누는 것"

"도토리나 밤을 주울 때 다람쥐가 먹을 것을 남겨 놓는 것"

동영상에는 엄마와 아이들의 목소리가 담겼다

엄마 같은 모습

스무 명의 아이들을 혼자 키우듯

8시면 헤어지고 5시가 넘어 만나는 선생님

어릴 적 엄마를 뺏어갔던 것도 아이들이었지

오후엔 서운함을 잊게 할

다홍색 발레복의 방과 후 활동

보석이라 확신했던 비즈가 마음을 달랬다

고학년이 되자 엄마는 방과 후 활동을 끊겠대

울면서 편지를 썼던 기억이나

너, 발레를 정말 사랑하는구나

그때 알았지

내가 그걸 사랑한다고 말할 수 있다는 걸

교실에는 손을 들어 발표하는 천사들이 있어

도토리를 주워 온 게 미안하대

대답에서는 순수가 묻어나

나도 엄마에게 물든 적이 있는

내가 원하는 천사는

도토리를 포기하는 언니가 아니야

불우한 참사에 질끈 눈을 감아도

연탄은 나르는 이

죽어가는 동물을 볼 때마다 거두었다면

무언갈 나누기도 전에 병에 걸렸어

늘 챙기는 고양이 간식이 증명해

아이들의 대답을 닮고 싶어

다투더라도 아이들과 다투는 게 좋아

그 화법이 마음에 들거든

우리의 대화는 즐겁고 비참해

아이의 말 속에서 폭력을 느껴

치부

아빠가 없는 걸
비밀로 하는 애를 봤어
조금 더 사랑받으려는 비교 대상에게만

얻어맞은 기분이었지
사랑받지 못했다는 게
사랑받기 위한 무기가 될 수 있다는 게

비밀은 소외를 위한 차양
왜 내게만 말해주지 않았느냐고
들춰낼 수도 없는

그 애는 원을 그렸어
본인을 사랑하길 바라는 사람들만 들어오고
그들이 원 밖에 등을 지도록,
이윽고 원 밖에는 한 아이만 덩그러니

너 아빠가 없다며

왜 내게 이야기하지 않았어?
왜 내가 너에게 이야기해야 해?

그곳에 나쁜 아이는 없었다
병든 아이들만 있을 뿐

한 명은 햇빛을 보지 못해서
한 명은 햇빛에 너무 눈이 멀어서

믿지 않은 척 누군갈 미워하는 어른들이 있어
조금 더 큰 교실에서
조금 더 사랑받으려고 비교 대상에게만

좁은 집

인적이 드문 별장
부모님은 독고 집을 집 밖에 지었다
아이의 사춘기 시절을 내버려 두듯

그들은 해가 지기 직전 떠나고
밤을 이겨내는 건 독고 재량
힘들게 하지 말라는 눈에
입마개를 않고도 짖지 않았다

밤낮 기온 차만큼 축축한 베개
자기 연민과 위로에 입수해
그럼 아침이 일찍 오거든

독고야 넌 식모가 아니라 엄마가 필요해 보여

자주 아프면서도
해가 비치면 프로펠러를 돌리는
그 개를 보는 게 고통스러워

산책을 하는 것을 본 적이 없어
사료를 살 때 상표도 성분도 본 적 없겠지
광고성 멘트들이 죄책감을 무마하니까

보살핌의 책무
할당량 안에서 최고의 선물
만족해하는 웃음을 증오했어
칼을 몇 번이나 들었다 놨어
네 목줄을 아주 잘라버리고 싶어서

네 눈을 볼 면목이 없어
이해시킬 재주가 모자라
바란 게 고작 급사라서

별장으로 향하는 차 안에서
역류하는 토를 얼마나 삼켰는지
시절 회귀를 막으려고
사랑을 받으려고

지붕에 방수시트를 시공한 뒤
별장에 발을 끊기 위해 고향을 끊었다

속을 다 게워내서 더는 그럴 수도 없어

열하일기

맑을 열 허물 하
열하는 두 번째 마흔을 맞았다

이름하여 만 나이 도입 통일
일 년만 더 빨랐어도
마흔을 준비할 시간이 넉넉했을까
이십 대도 삼십 대도 아닌
마흔을 두 번이나 겪어야 했을까

이십 대로 십일 년이나 보낸 유일한 세대
작년 서른은 그 행렬에 낀다
의미부여,
그 얼마나 건드러지고 영리한 명예인지

河(물 하)의 오입력을 정정치 않은 이유였다
허물은 눈에 있다고 했으니

부모님은 연암을 존경했다
태명처럼 역마를 타고난 아이가 태어났고
아이는 여행을 싫어했다

곳곳 사진전을 위안 삼았다
여러 사람의 행복을 옮는 직업이라니
그곳에서 노년에 필름 카메라를 들고 다니는 꿈을 샀다

유랑은 거스를 수 없는 운명일까

피로연에 가는 길이 익숙해서
늘 컷과 박수를 외치는 적성을 찾은 것도
고로 마흔은 피서지일까

스물아홉, 통성명하며 이름을 숨겼고
서른아홉, 통성명하지 않고 이름을 보였다
마흔이 되니
허물 하를 여름 하로 바꿔 적었다

집에 들르고 싶은데
그 집이 가장 처음 살아본 집인지

가장 오래 산 집인지
그도 아니면, 내 손으로 터를 지은 집인지 헷갈렸다

어떤 서른의 일 년은 버거웠고
숫자 2는 서른 탈락 통지서 같으리
패자부활전인 건 비밀이다

이제껏 갈아본 적 없는 방명록
앞머리에 희미한 허물을 찾아간다
생일에 의미를 부여해 보려 한다

장례식에 대한 걱정

자신의 장례식에 와야 할 사람과 와선 안 될 사람을 아는 것은 이미 너무 많은 것을 알고 있다는 것이다. 그리고 그런 최후의 단잠을 걱정하는 것은 지금 알고 있는 것을 전부 입 밖으로 꺼내지 못했다는 것이다

가슴 속에 너무 많은 이야기가 있다는 것이다

바다 건너 음반 가게

내 마음이 캐나다로도 호주로도 떠났다

좋아하는 사람이 미치는 음반을 구하러 길을 떠난 오늘을 기억
하고 싶다. 훗날 어떤 기억으로 돌아올지 지금은 알 수 없다. 한
사람을 향한 부지런한 마음의 미래가치는 얼마나 될까. 투자가
치보다 소장가치를 따지는 백수답게 주제넘은 여행이었다. 가
치 검증일이 아주 오지 않아도 좋을 것 같다

국내에서 발매되지 않는 앨범의 가수를 원망한 적은 없다. 오히
려 과감히 여행을 떠나도록 해준 은인이지. 이렇게까지 누군가
를 위한 마음을 또 가질 수 있을까. 나 아닌 누군가를 걱정한다
는 게 가당키나 할까. 아주 잠시 그런 생각을 했다
혼자 너무 먼 길을 다녀와서는 미안해졌다

수소문을 끝내고 누웠다
창밖으로는 빗자루의 제설 소리가 한창,
겨울 방바닥이 차서 전기장판 위로 몸을 구부렸다

설령 눈송이가 다 녹아 사라지더라도

빛은 겨울마다 어김없이 비출 것이다

언제나처럼 잠에서 깨면 새길이 날지도 모르겠다

어디서든 연락이 왔으면,

눈을 감고 웃어 보였다

연수의 각도

미끄러져 간신히 젖혀 찍은 대성당
렌즈의 좌우 각도는 반듯한데
기울어진 옥상과 종소리
건물 하나 뭉개는 건 식은 죽 먹기 구나

도망 온 먼발치 타국의 문장집에는
없는 질문이 하나 있다
신발을 어디다 벗으면 될까요

숙소는 마음 따라 척박한 토양
이름도 지어주지 않은 화분을 창가에 올리며
왜 우리 집 화분에는 물 주는 일을 미뤘던 것 같니

사랑을 땅따먹기하듯 훔치고 있다
착각하는 아이야
자화상에선 사랑을 수송하는 호사를 누리고 있네
뭐가 됐든 넌 훔칠 만한 크기의 땅을 밟고 있는 것뿐

침팬지, 고릴라 그리고 화상회의에서도 권력인 것

우러러보는 게 못생겨서 싫었는지도

그래도 끝까지 손을 놓지 말았어야 했는데

붕어빵 노점상 게시판

고객님 여러분 그동안 정말
정말 고마웠습니다
행복하세요

냉기가 들어오는 걸 감내한 구석이 있었다. 항상 같은 동네에서
겨울에만 여는 약국. 추우면 들어왔다가 가라며 살점 속을 내
민 비닐 문을 두고 상해자가 생긴다

안에서 발코니를 바라보는 마음은 하루에 몇십 번씩 철렁인다.
서성이는 그때부터 발걸음을 돌리는 순간까지 적나라한 외면.
긴 몇 초 동안 바람에 비닐이 부대끼는 소리가 난다

나에게서 들어왔다 돌아갈 때
품 안에 무엇을 가져갈 수 있을까
사랑은 안기는 것보다 품을 때 더 벅차다는 가르침이라면
그 덕에 우리 둘, 어쩌면 셋 모두의 마음에 시동이 걸어지리

이 공간은 눈 소나기 한 철이다. 영하가 녹으면 원래 빈자리였던 것처럼 달래 두릅이 신문지를 펼 것이다. 당신이 가져간 따뜻함이 누구에게 닿았는지 계절이 발표할 것이다

마침내 작년 붕어빵 사장님의 물음에 처방전이 나왔다

모든 계절 거리에 보고 싶으셨지요, 찾아올 수 있었습니까
자세히 그리워하셨지요, 온기까지 느낄 수 있었습니까
다시 볼 수 있을까 기다리셨지요
걱정보다 기대가 더 컸다고 말할 수 있었습니까

이듬해에는 그 붕어빵 사장님처럼 사라지고 싶다고 생각해
박스 조각에 기도문을 준비해야지

57

2부. 12월과 1월 사이

여행지에서 얻은 모든 것

엽서를 벽에 박아두는 건

야생동물을 동물원에 가두는 것과 다름없다

행운 커팅식

Nous aurons de la chance
우리는 행운을 가질 거야

시상식과 제야의 종
볼륨을 낮추고 두 음절을 자를 거야

디자인해 본 적 있는 그 표정
스케치북엔 시안이 몇 개 더 있었는데
너는 그저 케이크가 맛있대

집을 계약한 지 2년이 지났대
곧 이사 갈 집을 알아보고 있네
올 2월에 난 1년이 되는데

시골 동네에서 강아지를 입양하겠대
돌아오는 봄에
이름은 행운이
남아인지 여야인지도 모르면서

그래, 행운을 입양해서 가끔 나에게 위탁해
네가 집을 비우고 멀리 여행 갈 때 잘 돌봐줄게

혼자 산 지 3년, 그걸 축하하려고 앞머리를 커팅했어
칫솔 수는 들쭉날쭉
남은 색이 어떤 건지 모르겠어

다들 서른에는 무슨 계획을 하는지 궁금해
무얼 포기하려 하는지
아님 무얼 대비하려 하는지
이런데야 말로 집단 지성이 필요하다고 생각해

네가 초심자가 되는 날
나의 서른과 별반 다르지 않길
어느 품에서인지 따뜻하게 잠이 들 거야
응석 잃은 강아지도

입양 전야제 날 귀띔해
다시 행운이 박힌 케이크나 자르자

프랑스어를 배우며 닮고 싶었던 것들

1. 프랑스어는 강조할수록 수위가 낮아진다

aimer(사랑하다) 동사는 bien(정말로) 부사를 만났을 때,
aimer bien인 '좋아하다'가 된다. 사랑한다고 말하고 싶다면
Je t'aime(쥬뗌므, 내가 널 사랑해)로만 말할 수 있는 것이다.
　과장이 불필요한 것이야말로 정말 사랑이 아닐까. 담백하고
　진중한 해저에서 두 내면 사이에 이음 다리가 잠겨있는 것

2. 프랑스어는 쉽게 굴복하지 않는다

　상대방 의견에 동조하고 싶을 때 직접적으로 표현하지 않는다.
　Tu as raison(네 말의 일리가 있어) 정도로 표현한다

3. 프랑스어는 당장 내 앞에 있는 상대에게 집중한다

　Je te la doone(내가 당신에게 그걸 준다)
　Je la lui donne(내가 그걸 그에게 준다)
　직접목적어, 간접목적어 어느 계통이든 상관없이
　내 눈앞에 있는 상대에게 먼저 자리를 내어준다

빨간약

누빔 스커트를 좋아해
도톰한 주머니에는 오리털 봇짐

파마한 소년에게 신은
태생 곱슬머리에 페이즐리 반다나를 얹은 소녀
그녀는 땅을 보지 않고 스케이트보드를 타

한 손엔 스티비 원더 LP
남은 한 손엔 간식 바구니
난 고작
어느 손가락에 꼽을 줄 모르는 우산을 문 아이

소년 집 구급함은
희한하게도 선반 꼭대기 끄트머리에서 살아
아플 일이 없다고 착각하는 거니
참을 수 있다고 자신하는 거니

어제도 오늘도 짐을 풀지 못했어
시간은 많았는데
내일은 너를 만나러 가

장갑도 목도리도 인조털 양말도
아무것도 가져가지 않으면 어떻게 할래

핫팩 주머니를 사 놓고 기다린다
난 그거에 걸어보려고
동사하든가 멋진 예견이었다고 하든가

공수를 덮은 붕대
그 위에 기록된 악수
추억을 미화할 수 있는 재능은
엄청난 축복이란다

반셔터를 누른 검지가 자꾸 고개를 들어
집에 상비약이 없는 탓인지

초록불이 들어오기만 기다려
우리 둘 다 처음 가보는 숲에서

몬스터 수혈

강아지를 위해서 강아지를 키우지 않을 정도로
강아지를 좋아해
근데 화분은 여럿 죽였어
강아지의 수명만큼

이상해
분명히 최고급 해조추출물을 분사했는데
죽은 것도 살려낸다는

플라스틱과 유리병을 잘 구분해
버려야 하는 것과 버리기 싫은 것을 온몸으로 느끼듯

당신이 기회를 보고 있다면
내가 자존감이 낮을 때를 공략해
실루엣이 초라하고 연할 때 가장 잘 녹아들거든

타탄체크처럼 내 피에도 초록색이 섞여 있으면 좋겠어
어느 색에도 우위를 점하는

누구의 피로도 정체를 잃지 않는
그리곤 당신의 몸속에 푸른 멍을 남기는

상흔은 한 시절의 증표

진눈깨비 무럭이 산이 된 아침
꿈에선 지레 과수원을 다녀왔어
시절인연도 돌아보니 시절인연임을 실감해

공복에 아이스커피를 들이켜다 보면
수상해
우리가 인연이 아니라는 것이

미숙과를 수확하다 웃자란 마음
고소한 향을 음미할 새 없이
쓴맛이 덮어버린다 해도
내 속으로 들어온 한 컵이 있어

타탄체크크리스마스와 회피뉴이어

가끔 네 카메라를 깨부숴버리고 싶어

미안해
너무 아름다운 기억은
한 번만 더 봐달라는 뇌물이 되니까

완벽히 멀어지는 것보다
어설프게 멀어지는 게 힘드니까

인화할 수 없는 사진은 추억은 누락시키니까

25일에서 31일 사이
난 그 어디쯤을 좋아해
마음껏 좋아하지는 못할 정도로

우린 레트로를 사랑해
서랍 속은 빈티지 제품으로 차 있어
버릴 수 없는 귀중품은 부패 되는 게 삶

잠깐 쐬어주고 싶은 햇빛이 있어
약속 날짜를 골라 봐
올해 마지막 일주일 사이에
골라줬으면 하는 이틀이 있어

마지막 새해 날 당신이 나타나
아홉수를 보내는 걸 축하해주길
그것도 소원이라고 빌었다니

특별한 마지막 하루
내일이면 죽나 착각할 만큼
녹엽종을 수혈하진 못한 자의 최후

박제 여행
내년엔 널 피하겠다고
가용 기억칩으로 저장하는 거지
한 번 영혼이 소실된 자의 선수 치는 다짐

끝으로 받아들이는 마음과
시작을 축하해주는 말
먼동이 트면 어느 쪽이 우세종이 될까

수증기도 떨어져 가는 곡식 창고에

절대 와선 안 돼

사망선고를 내리기 두려운

하얀 가운의 시한부라서

내가 덜 좋아했다는 게 선물이 될 거야

죽어도 네 영감이 되지 않을 거야

새해를 맞아 한 사람에게 보냈던

지난 200통의 편지를 남김없이 태울 수 있겠니

갑자기 한꺼번에 밀려 받는 편지

그게 부러웠단 말을 취소하고 싶어

반지하 햇빛으로는 다 태우지 못할 테니까

조르주 상드, 그녀가 불쌍해

18년 초봄 노트르담의 성당을 다시 보고 싶어

Bon voyage, Susan!
et bonne continuation.

Send my love to your famille
Enjoyed my stay with you.

Fortune starts
by meeting someone,

so merry christmas

and have the last special day
of the year
with a warmhearted person.

No problem?

Je t'embrasse,

Elisabeth

Ps. Laisses la clé
dans notre cuisine

고양이와 파라솔

고양이에게 낯선 것은
불완전한 진심
반복될 리 없고, 예측하려 들지도 않는 날씨

간식을 들고 나가는 푸르스름 길
담 근처에 설마를 기다리는 아이가 있다고
설마 오늘도

쓰레기 더미 옆에 있어도
왜 그곳에 있는지 합류하려는 고양이가 있다던데
넌 왜 혼자 왔어

조금 뒤에 해가 뜨면 떠돌이 없는 이 거리에서
어떤 하루를 보낼지 궁금해
어느 콘크리트 비극에 파라솔을 찾아 누우려고?

형광등을 쬐는 나의 여의대로에는 낮이 없어

네가 부러워

누군가에 합류하려 하지 않는

혼자만의 파라솔이 있는

네 이름은 설마야

다른 어떤 고양이가 와도, 설마

얼마 있다가 또 바뀔지도 모르는, 설마

내가 왜 설마들을 사랑하는지 정확한 이유를 모르겠어

파라솔을 혼자 들기가 무거워

그 캐노피를 기억에서 지워버리려고

모래 속에 묻고 지은 묘비명

불안정한 평화

네가 나를 닮으려고 할까

난 네가 닮고 싶은데

노력하면 가능할 것 같거든

우린 출근은 하면서 퇴근할 곳은 없는 같은 설마니까

상견니

우리는 영원히 비를 맞을 수도 있었지
어떤 아픔은 방관하면서
어떤 기쁨을 관둘 수 없어서

내 책장 시집들의 제목은
반성으로 이루어진 구휼
생채기가 남긴 버릇이 없을 줄도 모르는 버릇

밤샘 토론이 피곤하지 않던 시절
키우던 개가 나이 들어버리는 것처럼
무례하게 지나가는 시간

나의 불행이 우리의 시작이 될 수 있다면
몇 번이고 구원을 계속할 거야

외국의 환상은 고향이야
나가고, 나가고 다시 나가보면 알게 되겠지

우린 한 번도 나간 적이 없다는 사실을

걱정을 나눠 먹는 새벽에
택시를 바꿔 타려 노력하는 모든 소원에
비 맞은 횡단보도가 있고,
무얼 보고 싶은지 모르면서 뛰어가는 여자를 응원해

물구나무를 서서 보는 과거
기억이 거꾸로 쏠리고 얼굴이 발개지면
돌아가야 할 때를 알 수 있을 거야

그렇게 오늘도 저 뒤집어진 세상에
굴레를 두고 올게

과거 관람차

벨기에에서 5년 살던 꿈에서도
벨기에어를 하지 못했다

그에겐 세 명의 주요 친구가 있고,
난 그 누구도 완벽히 정통하지 않아
네 표지판에는 마음이 다종이라 어떤 것을 읽어야 할지 헷갈려

어눌하게 얼추 비슷한 발음
오독과 오역으로 어우러진 사포질
전하고 전해 받는 이중 번역된 소식에 의존해

플란더스의 개를 읽었어
네로와 아로아인줄 알았는데
네가 보기엔 네로와 파트라슈였나 봐
누군가 거둬들여야만 살 수 있는
반려동물의 삶이란

어느 쪽이든 환상의 호흡은 아니었던 거야
과거는 이미 지나간 비명

비가 내리면 오작동하는 누전차단기
정전된 맨 꼭대기 캐빈에 갇혀본 사람은 알 거야
공중에 매달린 채로 부지하는 목숨

집, 성경책, 한도에 잘 닿지 않던 신용카드 중에
대롱대롱 내 손에 있는 건
만료된 임대 보험 계약서

교수대에서 내려
넌 지금 언제에 있어
기뻐해야 할지 슬퍼해야 할지 알고 싶어

행복 낙하 공포증
급성에서 만성으로 진화한 도리 없는 병
트리가 발육한 야경은
극한의 공포를 이길 만큼

작사가의 이별

앵무새가 부르는 캐럴
우린 거기에 실려있어 일단
구급차가 들것을 들고 대기하듯이

네가 편곡한 노래는
첫 소절만 빼면
원곡을 알아볼 수 없도록 각색돼
그 연탄곡이 이어지는데 죄책감이 들어

작곡가와 작사가의 잇따른 수의계약
마음에 안 드는 가사에 리듬을 넣는 걸 봤어

반주가 길어지다 독주가 된 의뢰곡
난 모든 것을 그렇게 만들어
몇 자 안 되는 한 문장이 무기가 되도록

갱신자의 측은한 전말
결제가 끝난 장바구니에는

다시 첫 소절이 담겨

인센트 연기 같은 온기가 쓰인

영원히 퇴고 되는 회고록으로 소멸할지언정,

첫 소절은 변주되지 않기를

이 곡은 발매되면 사람들을 울릴 거야

나의 이기적인 한 문장 때문에

　《 우리의 성량은 정해져 있다 》

그 사실 때문에

굴뚝 청소부

유리구두가 부러웠던 그녀의 친구는
신데렐라 특집 패션쇼를 열고
그녀에게만 공개하지 않았어

부자는 가난을 훔친다고
졸부는 친구를 떼어가고
캥거루 무직자들은 예술가의 꿈을 뜯어먹고
어쭙잖은 철학자들은 감성 도둑

그녀는 이골이 나 있어
사랑받는 사람의 행동을 따라 하는 동생들에게
사랑받고 싶어서 첫째 흉내를 내는

모든 사랑은 유상증여이자 부정청탁
언제 회수할 것인가
더 높은 구두가 밟아대면
손잡이 없는 자전거라도 따라가겠지

잠들기 전 양말을 걸어두고선
막상 실눈을 못 버린 밤
산타도 불 지핀 굴뚝은 들어가지 않아

원작자를 속이지 않는 하에
상표를 빌려주겠다는 호의
그녀는 이게 양심의 문제이자
디자이너에 대한 존중으로 견지해

그래, 빼앗는 것보다
빼앗았다는 걸 감추는 게 더 나쁜 거야

그래도 일부러 연탄을 쌓지 마
산타 복장을 한 사람은
뭘 훔쳐가는 게 아니라
놓고 갈 뿐이야

열네 자의 단서

빨간색이 집집 타공판에 덥수룩한 겨울의 한 주
프랑스 경매에서는 세계에 단 하나만 존재하는
특별한 메시지를 팔아

역사는 알 수가 없어
지나보면 개미가 진흙으로 성을 만들었다는 걸 알게 되거든

블록체인이 인터넷만큼 우리 삶을 송두리째 바꿀까
우리가 이번 크리스마스를 함께 할까

초록불에 건너도 화물차에 치여 죽는데
이 세상 누구에게든
백 퍼센트 담보하는 마음을 가지고 있다면 내놔봐

꽁꽁 잠근 사탕 상자를 광장 한복판에 숨겨놓았어
네가 51%를 의심한다면 설탕은 증발하고 말겠지

영원불멸한 단문의 경매품을 선물할게
낙찰하는 건 신호지, 신뢰가 아니야

text me MERRY CHRISTMAS.
우리 때는 지난겨울이 독보했는데

감시자들로부터 그걸 훔쳐 갈 수 있게 도울게
네가 미래를 예견하고 싶다면
우린 만나게 될 거야

추억 수집가

잎이 얼마 없는 휑한 야자수
비를 피할 임시방편이 필요했거든
잎사귀에는 누군가 갉아먹은 흔적이 있어
지독한 년,
조금이라도 젖고 싶어서
구멍 난 우산이라도 만들었을 거야

특별한 감정도 없으면서
스크랩해 둔 지구촌의 우표처럼
청춘을 허투루 낭비 않았다는 증거물을 남겨야 하니까
손주 손녀에게 줄 유산
2093년에는 지금보다 값이 나갈 거거든
헛물켠 일이 되지 않도록
죽을 때까지 갖고 있으면서
죽을 때까지 가지지 않을

수분이 고갈된 활엽수의 결
그보다 치욕스러운 건
휘황찬란한 우산 위에 쌓인 먼지

합의를 보고 싶어
9개월만 만나, 딱 한 계절만 빼고

헤어지면 일 년에 한 번씩 보는 사이
신년회도 송년회도 함께 하는
겨울마다,
네가 갖고 가고 싶은 환상이잖아

참, 캔콜라 옆에 보관했던 눈사람
실리콘 소리 찍찍거릴 때마다
넌 적색편이병
눈 오는 날은 온갖 것들이 먹통인데
그거라도 보려고

주전자에는 빗물이 끓어
네가 우표를 받침대로 쓰는 방법을 배웠으면 좋겠어

틈

틈하게 보는 사람들은
틈 들이는 시간이 길어질수록
과거를 향해 걷고 있는 거래

12월은 환상의 축제
1월에서는 너무 멀기만 해
아다리가 완벽하고, 한 큐에 흘러가는 조건을 바란 적 없어
소박한 단막 여러 번이면 12월도 별수 없지

안경을 주문하고 기다리는 사람을 기다린다
그는 해외 배송에 걸리는 시간만큼 늦게 온다
배가 대서양의 수로를 항해하고,
다시 육지를 건너오는 시간까지 아득한 뱃고동
잘 보기 위해서가 아니라
잘 보이기 위해서 쓰는 요물 때문에
그래서 누구에게

내년 여름에 입을 블라우스를 미리 구입해두고
서랍 속에서 꺼내먹는 사탕에 대한 권태
녹차와 초콜릿 같은 궁합이
아무 때나 찾아오는 것은 아니지

받기를 바라고 주는 마음에는
서명하지 마십시오

청개구리처럼 태풍이 온다 하면 그리운 캠핑
천장 오목한 구석에 랜턴을 달아 놓아야지

유리창의 저주

버스는 누군갈 생각하기 위해 타는 시간 관람차
창밖이 그래
잠시나마 괴벽에 할애할 수 있게

몇몇 단어만 꽂히는 라디오가 흘러나와
어떤 순간에 확실히 행복했단 걸 깨닫는 것만큼
슬픔과 기쁨이 동시에 흐르는 게 있을까

우리는 몇 해 동안이나 유리창 빛에서 재회해
온몸이 녹초 되는 날에도
머리를 치어가며 잠든 찰나에도

차창 밖으로 더운 숨이
푸른 잎사귀가 달려가는 어느 날
마침내 우리는 같은 오후에서 내려
같은 번호에 탑승해

서로 보듬으면서도
얼굴은 보지 못하는 업혀진 노력
빵을 물고 새벽같이 나가는 나만 바쁘대
그러는 넌 항상 유쾌한 하루만 보내는 것 같네

피차일반 왜 그렇게 사는지 모르는 척
정작 모든 게
슬픔을 숨기기 위한 일임을 미뤄둔 채

동 시간대 관람차에 갇힌
우리의 업혀진 미래
입김을 불어 하고 싶은 말을 덧대다 보면
세워주세요
그 말을 하지 못할 거 같아

버스에서는 앉을 자리가 없는 것보다
앞 좌석에 앉는 게 더 두려워
내 자리가 아닌 것만 같아

톱날식 호일

그릇보다 종이호일을 편애하는 아이
소스는 왜 항상 과한 것인지
진실을 덮기 위해 만드는 미소처럼

살점만 먹고 남은 것들을 보다 드는 죄책감
디톡스를 따라 딱 반만큼 마셨지
내 일상을 바람직하게 유지해주는 사람아
절반을 남겨도 넌 네 책무를 다할 거야
적어도 내 속에 들어온 만큼
못다 한 죄책감에 반의반을 더 마신 후에야
싱크대 밑으로 떠내려가는 탕수육 소스와 레몬주스
죄책감은 저렇게 잘도 씻겨 내려가는데
끈질기게 질척대는 마음 콧물
막상 네가 없으면 외롭겠지
막상 네가 없으면 식탐도 반기지 않겠지
아무리 부지런해진다고 해도
난 뚜렷이 좋아하는 그릇을 찾지 못할 거거든

싱크대 창문으로 해가 비치고
흘러나가지 않은 마음에 반사되는 빛,
그게 진실일 거야

서랍에 완비된 아주 긴 호일
결함을 완벽히 씻지 못할까 봐서가 아니야
우리의 시간이 소중해

행운 노무사 개업식

단칸방에서 연탄을 피우는 상상을 하면 숨이 좀 쉬어지는 일 년이었다. 몇 날 밤 죽고 태어나고, 죽고 태어나고를 반복했다. 우울에 잠식되지 않게 해달라는 기도는 반은 진심이고, 반은 거짓이었다. 나에게 필요한 건 우울의 종식이 아니라. 현재로부 터의 해방이었다

고될 때는 과잉기억증후군처럼 고되고, 행복할 때는 기억상실 증처럼 행복한 해였다. 고되지도, 행복하지도 않은 간이역에서 는 그나마 제정신이 들었다. 나로 온전할 때 인생에 초점을 어 느 곳에 둘 것인지 서둘러 정리했다. 기억에 다시 문제가 생겼 을 때 내가 누구인지 물어볼 사람을 어떻게 분간할지, 가야 할 길을 위해 지난날을 그만 돌아볼지 같은 것들을 말이다

돈 버는 일과 좋아하는 일, 육체적 건강과 정신적 건강, 사랑과 존경, 거울로 보는 나와 거울 속에서 보는 나, 여행을 위한 걸음 과 목적지를 위한 걸음, 사다리를 숨긴 채 아래로 손을 뻗는 사 람과 사다리 없이 아래로 내려와 옆에 있는 사람, 추억과 변화, 정의구현과 안분지족, 인정과 본질, 미완의 미학과 완벽의 가뭄,

현재와 미래. 이 모든 것 중에 지금 당장 포기할 수 있는 것과 반드시 잡아야 할 것은 무엇인지, 무엇도 놓기 어렵다면 그것들을 사랑하는 힘을 어떻게 배분해야 하는지 적어봤다. 다만 고됨과 행복이 자주 전환된 터라 간이역에 머물 시간이 듬성듬성했다

올해 할당된 행운을 다 소진한 것 같은 12월의 일요일이었다. 침대에 누워 생각했다. 보통은 연말 마지막 일주일에 행운을 몰아 쓴다는데. 나는 1월부터 11월까지 슬픔이나 불행 따위에 메꿀 구멍들이 너무도 많았던 거다. 애초에 올해 생성된 행운이 몇 개 없었던 걸지도 모르겠지만

그 마지막 일주일 동안 소진된 지 오래인 행운 시스템에 접속해 새해만 기다렸다. 나와 반대로 몇몇 사람은 1월부터 11월 사이 제때 못 쓰고 남은 행운을 연말에 퍼붓는 것이 씁쓸해 보였다. 이루지 못한 꿈이 있었나 보다. 그들이 행운을 잔반 처리하듯 먹어 치운 사람도 있다는 것을 알게 되면 좀 더 행복해질 텐데

나는 비교적 행복이라는 구제절차를 알려주는 대신에 행운보장권을 인지시켜주기로 했다. 그래 봤자 1월부터 12월은 다시 돌아오고, 행운은 바닥나도 연차처럼 새해에 갱신되는 거야. 주변 사람들에게 그렇게 말했다. 그들에게 정말 그런 일이 벌어졌으면 좋겠으니까

악플러의 돋보기

에밀리 디킨슨은 말했다.
사랑이란 이 세상의 모든 것,
하지만 그 사랑을 우린
자기 그릇만큼밖에는 담지 못하지

몇 년 전 국내 취업을 고려해 유학을 뒤로하고 귀국한 때였다. 심사숙고한 결정과 도전을 간단하게 판단한 사람이 있었다. 그는 지난 몇 달의 고민을 단지 '외롭고 힘들어서 포기'한 것으로 떠들어댔다. 그런 이유로 자신의 미래를 포기할 사람이 어디 있을까. 아이러니하게도 정작 그 사람은 자신의 퇴사가 새로운 시작임을 축하해달라고 들떠 있었다

찌질한 것에는 찌질할 사정이 있고, 그래서 괴로움도 있을 것이라더라. 어떤 사람에게는 누군가의 부스럼을 만드는 것이 본인의 자아나 삶의 문제를 해소하는 실마리일지도 모르는 일이다. 일생의 자아를 지키는 일이라는 데 같은 수준의 여유와 인성을 바란다면 그 또한 메마른 인정이다

악플러가 살아온 날들을 경시하지 않기 위해 훈계를 달지 않았다. 그럴수록 악플러는 날뛰지만, 첨언을 했다 해도 서로가 가진 배경지식이 다르기에 이해할 리 만무하다. 어차피 우리는 갈 길이 다르다. 자존감을 감추기 위해 걷는 도로와 자존감에서 우러나와 걷는 도로는 갈라서게 돼 있다

행복하게 살겠다는 말이 어떤 때는 아름답고, 어떤 때는 무책임하게 느껴지는 것과 비슷할까? 양쪽 어느 경우 건 무슨 상관이랴. 당사자가 행복하게 산다는 데. 그래도 남을 상처 주면서까지 일깨워 준다는 사람 속에 남는 것이 무엇이랴. 비난과 모함에 익숙한 사람이여, 자아가 못난 게 아니라 사랑이 결핍된 것이니 자신을 다독여라. 물론 진실로 충만하든 허세적이든 사랑과 자산을 배려 없이 남발하는 사람 앞에서 기죽으라는 소리는 아니다

목소리가 큰 사람의 말은 울려 퍼지고, 어느샌가 사실 여부는 중요해지지 않게 된다. 그런 세상 속에서 내가 아닌 내가 여러 명이 되는 건 참 쉬운 일이다. 굳이 해명하지 않으면 짊어져야 하는 메아리. 나는 그렇게 나에게 미안한 일이 늘어간다

하지만 세상에 어디 사랑의 그릇이 작은 사람뿐인가. 주변에 그릇이 작은 사람밖에 없다면 그곳을 빠져나오면 된다. 우리의 그

릇을 파헤치는 악플러는 갈수록 눈이 나빠질 테고, 돋보기 도수가 올라갈수록 그 허리는 더욱 굽혀지겠지. 그러다 자신의 그릇도 잃게 되는 거다. 이는 그곳을 빠져나온 우리와 아무 상관 없는 일이다

화창한 농담에 익숙한 모두를 사랑한다. 선한 것을 보고 전해 줄 수 있는 마음들을 지켜주고 싶고, 무해한 실수를 보고 눈에 먼지가 들어간 척하는 그릇들을 모두 존경한다. 나의 그릇이 깨지길 훔쳐보는 게 아니라, 이곳으로 들어와 앉아 준 모든 이들에게 감사하다. 다음 단편집의 이름은 〈악마와 마주하기〉다. 사랑의 그릇을 지키는 자들을 위해 바칠 것이다

That Love is all there is

Emily Dickinson

That Love is all there is,

Is all we know of Love;

It is enough, the freight should be

Proportioned to the groove.

3부. 2월의 이사

세신사

어렸을 때 회사원이 꿈이었던가
물을 찌크려 정리하는 책상
그런 것도 내 책상이 될 줄 몰랐다

남의 몸을 닦을 준비를 하는 세신사
작업이 시작되면 한숨처럼 나오는 각오
하루 동안에 나는 없어
하루 동안에 나는 잠깐 죽는 거야
하루 동안에 나는 잠깐 다른 별에 다녀오는 거야

밀려나는 때를 보고 있으면 더럽게 뿌듯하다
내 꿈이 아니었는데도,
살려고 잡는 실낱같은 보람

뜨거운 물에 달궈진 손님
일이 불어나는 걸 보면
시간은 이렇게도 빨리 가는구나
오전도

어른

서울은 빌딩만큼이 하늘인데
남반구의 하늘은 망망대해

축구장을 에둘러 돌아가도 좋았던 곳
버스 안에는 늘 여록이 맴돌았다

노선에 소스라친 오후
좀비들이 팔을 든 채 구름을 저격하는
한강 다리 입구에는
꿈속으로 들어가는 매표소

내가 구름을 헤엄치면
누군가 대신 물살을 헤엄치기도 할까
가로지르는 동안 몰려오는 해녀들의 슬픔

슬픔이 썰물처럼 빠질 때까지
숨을 참아야 하는 게 이곳의 규칙

투명한 차창으로 부동인
거무칙칙 주름진 사내의 고사리손
집사람을 향한 여록일까

괄호를 가로라 쓴 백만 분의 좀비
메일이 성공적으로 전송되었습니다.
딸까닥 클릭 소리가 날 때마다 죽고 싶었다
6분 뒤에 알아 놀라놓곤
60년이나 지나 알았더라면 후회했다

테이프는 괄호를 되돌려 보려 만들어진 것
가사가 없는 부분의 악보도
객원의 대사도
돌아갈 수 있습니다
매혹적이고 요망한 것이었다

언제부터였을까
전단을 돌리는 사람의 눈을 피한 것이
오직 우회만이 낙원이었다는 규칙을
에스컬레이터 계단 중간에서야 깨달았다

십자가를 들고 불신 지옥을 외치는 걸인보다

한복판에 걸린 대형 전광판에

더 식겁하곤 해

구두굽에 떠밀려 가면서

취향 전염병

무언갈 배우고 싶다면서
적어준 추천 목록들은 다 포기했잖아

우습게도 네 수첩 첫 휴일에 내가 있어
딱 하루
연달은 휴가인데 단 반나절

우리 집은 4시간 걸려야 가는 땅끝마을
서울 사람들도 알까
보고 싶은 사람을 보기 위해
몇 시간 동안 잠을 자는 기분을

2월엔 5일씩이나 빨간날이 줄지어 있어
아무 데도 가지 못하는데 왜 설레는지
사람들이 썰물처럼 빠져나간 도시가
모든 음식점이 '쉬어갑니다'를 내거는 3일 동안이

미칠 듯 설레던 일요일도
공휴일을 목전에 두고선 평범한 하루일 뿐이네

신년맞이 다짐인 건지
선처인 건지
넌 내가 감명 깊게 읽은 책을 사
빌려달라는 말은 없이 새로 산
밑줄이 없는 그 소설

마지막 장을 덮기까지 얼마나 걸릴래
햇수에 버금가는 숱했던 기로들

불어난 휴식을 자랑해
어느새 번호표보다 익숙한 미끼
새치기만이 견줄 수 있는 개운함이 있어

다음 휴일은 기대하지 않아
같은 병에 걸려 세상과 격리된다면 모를까
그저 해석을 듣고 싶어

메멘토

너무 빠르거나 너무 늦거나
동파된 수돗물처럼 수습해야 하는 삶

넌 크로마키 촬영에 초록색 옷을 입고 나가
아마추어를 흠모했는데 감히 당해내지 못하게

어렵게 잊고, 쉽게 잊는 사람들의 어설픈 균형 같은

그곳은 내 역할이 달라지지 않는 세상이니까
피노키오와 제페토
해리와 톰 리들
버즈와 케빈
너에게 저지를 일이 두려워

추억은 공동소유 계약서에 찍은 인장
누구라도 기억하지 못한다면
파쇄기도 필요를 잃어

젊음 한가운데 서서 횡단보도에 누워봐
오늘 받은 민들레를 오늘 죽게 하진 않을 거야

배수구가 없는 화분에선 질식할 거라면서
되레 과습한 플라스틱의 벽면을 봤어
도로에 푸른색 신호가 비치네

젊음에 투기된 기억은 재앙
플라스틱 폐기물의 19.9%만이 재활용되는 세상에서
비혼주의자를 사랑할 수 있다고 말해봐
멸균 포장이 가능해질지도 몰라

폴라로이드로 찍은 사진을 벽에 붙여두었어
다음날 일어나서 아무것도 기억하지 못할까 봐

비밀을 덮고 있는 건초더미만
벽 아래 쌓여있고

버킷리스트

색감을 기가 막히게 배합하는 컬러 코디네이터
물감이 아까워 화가는 못 되고
흰색을 낭비하는 상상만 한다

화단에 물을 주듯 꿈을 흩뿌린다
빵집 옆에 책방을 운영하는 59세 중년
꿈을 품앗이하는 65세 노인
걸어온 길을 하염없이 돌아보는 35세 현재 씨

청년 지원 혜택 대상자에서 벗어나
의학적으로 노산으로 분류되는 어린이
그래도 꿈을 꿔
이뤄지지 않아도 괜찮을 꿈들을

어릴 적 절대 금기, 버킷리스트
의지를 남발하다가
밑줄 그은 게 하나도 생기지 않을까 봐
머릿속으로 소원을 적어 내려가고

수첩엔 기어코 해낸 일들을 골라 썼지
성공 수첩이 그렇게 만들어질 수 있더라

열아홉 땐 꼭 이루어져라,
안달 복걸하는 걸 꿈이라 불렀는데
현재 씨는 상상만으로 행복한 걸 꿈이라 불러

확신 없이 버선발로 달음박질하기, 탕!
나, 꿈의 최후까지 결승 테이프를 끊고 왔어

이 밍밍함이 조금 더 오래 머물길 바라
저자에는 꼬리말에 대한 소문이 자자해
파인애플 왕관을 쓰고
서문에서 시간 좀 때우려무나

버킷리스트를 만판 소리 내 흘려
그게 안전할 게다
모두가 성공신화를 상상할 수 있잖아
65세 노인은 말하지

그럼 너,
벌써 이룬 거 아니냐
사람들이 그렇게 쉽게 네 성공을 상상하다니
59세 중년이 대답해

달력엔 가출 일자가 필요해
보풀꽃 잎을 덕지덕지 붙인 하늘 아래
물개보다 못 말리게 헤엄쳐야지

지혜와 천진난만이 함께 걸을 때
비로소 인생이라는 글자를 고를 수 있을 게다

소풍이라는 단어 속
눈부심과 오묘한 원망의 눈물
노을을 보는 눈으로 널 더 사랑해보려무나

너는 생을 마감하기 직전 소의 눈을
어떻게 어루만질지 알아

신이 가장 주름 없는 손을 허락해 주기를

라디오데이즈

아날로그를 선망해 우린 가족 신청서를 냈어
뿔뿔이 흩어져야 하는 순간에

당신들은 날 사랑했어
상한가를 남발하곤 메아리를 또아올리는

내 문청 시절에 아늑하면서도
현시절이라면 부끄러워
사실 그 시집을 발간할 수 있을지 모르겠어
섬광이 포커시절을 넘기면
영원히 휘발되지 않는 징크스를 만들거든

집에 인형이 있다고 다 안고 잘 수 있는 건 아니잖아
인형이 괴물로 변해 잡아간다는 괴담을 들어본 적 있어
과거라는 게 그래

인스턴트 와인이 출시됐어
우아하지 않을수록 성공에 가까워지는 법

로봇이 그려주는 초상화에는
눈물 자국이 그대로 보이네

멀리 고향에서 친구가 우표를 붙여 보냈어
배달원이 말을 걸 것만 같아 설레는 하루들
당신들은 내가 편지에 얼마나 감동하는지 알아

우편을 좋아한다고는 못 하겠어
누군가 묻는다면 난
보내는 사람이 직접 우편함에 넣어놓고 가는 것
그걸 좋아한다고 말할 거야
마음이 다른 데로 새면 어떡해

서로 기다리기만 하다가

비밀번호를 누르는 소리 대신
삐그덕대는 대문 소리가 파고드는 파리에서
와이파이의 비밀번호를 설정하지 않고 있어

노선을 변경한 회의주의자들이
언제든 돌아오게

입덧

출가한 아기 엄마의 배는
늘 공복이었다
빈속일 때 입덧은 더 심해진다

초음파를 보러 가는 날은 418km
길고도 멀어
보고 싶을 때마다 하는 구토

늦봄에 산딸기를 모으는 약손
한 입도 못 먹은 귀한 대접에
양쪽이 상해간다

가끔 수화기를 들고 듣는 태동에서는
탯줄을 끊으려는 아이가 들려
휘어지지 못하는

제발, 기형아 검사를 한 적이 있어
넌 기형아가 아니야.

너를 배고 꾼 태몽이 그래
수룡이 구름을 뚫는 꿈
사람들은 날아갈 거라 했는데
걸음마조차 찬란한 매일이었어

중력으로부터 안전한 이 집에서는
내 체온을 닮을까,
겁이 나 못 이기는 척 조산했다

너를 다시 밸 수 있다면
입덧은 백 번이고 할 수 있다

못 이기는 척 조산도 다시 열 번

미풍 아래 남겨 둔 그네가 흔들린다
기약 없이 앉으러 올 태동
처음 왔던 것처럼 편히 타도록
기꺼이 실어증 걸린 채

커튼콜

거기 호수는 자꾸 목숨을 삼켜
건너편에서 당도한 사슴
신규 식별 사진을 꾸린 하마가
사람이 밟지 않은 토양으로 왔듯

이쪽 무대로 길어온 물통엔
두 잎 클로버가 띄워져,
내가 가진 것과 똑같아
어깨에서부터 무너지는 개명

밤마다 건너온 믿음이
잠시 세워둔 마음을 견인해 간다

우리 중 누군가가 잎 하나를 잘라내면
희곡은 행복이 되는데
오 잎, 육 입, 칠 입으로 번성 못 한 나머지
행운으로도 쓰이지 못했다

호수를 끼고 두 집 살림하는 무대 주인 사슴에게,

수고했어

호숫가로부터 멀리 퇴장할 차례야

동물 식별 리스트에 등록된 사슴 등록번호

애끓은 번호를 되뇌는 것만으로

물수제비가 잠아졌다

별다른 찰과상은 없는지

불 켜진 집에 안도하는 여러 달

말소된 사슴의 얼굴

개명의 개명의 개명의 번복, 기어이

반으로 접은 두 잎 클로버를 호수에 띄웠다

관객은 없었다

우울 소생술

언제 이동되는지 가늠 못 하는 시간 여행자의 주말
황폐화된 과거,
불모지 위에 착공된 장래 정거장,
목메임과 26도의 눈물,
삶을 지탱하는 그것들이 괴로울 정도로 날 거듭 살려내

심신을 내려놨을 때
비로소 이를 가는 이유를 알기 두려워
80kg 힘이 어디서 나오는지 당최

죽고 싶다는 건 사실 숨고 싶단 말
죽고 싶으면서도 어린아이 등하원은 시키고 싶어
생전 배어본 적도 없지만

그럼 얼마나 무서운지 알 거야
앞으로 보내야 할 사람들이 더 많다는 게
앞으로 얼마나 더,
어떤 주기로 올지도 모르는

잠수부가 듣는 아름다운 밤바다
숨이 찢어지는 소리가 날 때까지

수영장 냄새를 사랑해
세균과 곰팡이를 죽이는 과정을
오래 방치됐을수록 지독한 향은 축하해야 할 변혁
더는 오해받고 싶지 않고 오해하고 싶지 않아

아무 그 어떤 날도 아닌 날 우울을 이용해
아무 그 어떤 날 오는 슬픔을 위해
닳아진 검은 정장을 새로 구비하는 것처럼

웃는 모습을 존경해
우는 모습을 사랑해
어느새 그렇게 되어있고
맨정신에 인정할 수 없지만

잊지는 마
지구가 우리 집이라는 것을

거품기

주물 돌림판에 순응하며 크림을 기다리는 삶
휴직이 간절한 회사원에게
정신과 의사의 진단서가 막강한 권력인 것처럼

갈구하도록 주어진 시스템에서 빠져나와 걷는 샛길
생크림이 없어 케이크를 만들지 못한 하루였다
생일상 대신 받아본 오늘의 운세
'뒤에는 아무도 없다.'

지금쯤 나를 그리워하는 사람은 아무도 없겠지
다행인 걸까
돌림병이 사라진 이 현대사회가
일주일간 적당히 아프고
일상 복귀가 가능한 병으로 강등된 것은

지금 열심히 휘젓는 손은
사랑을 갈구하는 선자[2]인지

---

2 선자(選者): 작품 따위를 골라서 뽑는 사람

과거를 더듬는 맹인인지
외야수가 내야수가 되기 위한 노력인지

생크림을 사면 케이크를 만들 수 있다는 점술 결과
홈런처럼 시원하게 휘둘러보려고
사주단자 위에 올리는 크림
사야 할 게 너무 많아 시작조차 엄두를 못 내는 바보였다

이따금 감시망을 좁혀오는
과거의 버터나 휘핑크림,
모든 거품은 탈골의 노력이자 영예란다

시집에 레시피를 꽂아두었어
설탕 같은 말을 잊어버릴까 겁나서

이방인의 유산

벽에 드로잉도, 커피 직원도, 단골손님도 바뀌었지만 일 년 전과 똑같은 자리에 그대로 있는 카페가 반가웠다. 한 자리를 지킨다는 게 어려운 시절이었다

예술가가 아니어서 좋은 점은 그림도 조금씩 썩 그리고, 노래도 조금씩 썩 부를 수 있다는 것이다. 한 자리를 이 갈며 지키지 않고 오로라처럼 누리고 죽을 수 있다는 것

예술가는 비난받을 명분이자 버릴 수 없는 명찰. 세례 조건으로 꼿꼿이 발을 오므리는 수중발레를 선보였다. 이방인으로 살지 못했던 건 자아 때문일까, 상환해야 할 등록금 때문일까. 양쪽 물살에 기포가 샜다

12분이면 어디든지 가는 드론 택시 정거장에서 우리는 잠깐 머물다 간 이방인에 지나지 않을 것이다. 불가역적으로 그날이 도래하길 막으려고 만드는 유산들이 발버둥 친다

당당하게 이방인의 삶을 살겠다고
언젠가는 아주 어렵사리 다짐할 수 있지 않을까

한낱 유골 가루의 과거를 당분간은 모르고 싶다
머나먼 눈먼 행복을 누리기 위함인지
영원히 미완성으로 남아있는 게 두려워선지

가사 팝니다 II

변하고 싶던 마음
더 나은 내가 되고 싶다던
욕심들이 가끔 기억이나

채움이란 걸 배운 사랑
빈손이 되레 좋던 사랑

잘 살게 해줄 게하고 잡아도 될까
나는 그냥 살고 싶어 잡고 싶어
어디든 잘 가게 해줄 게하고 잡아도 될까
나는 그냥 너만 따라가고 싶어

구름이 빠른 하루를
따라잡다 보면 가고 싶어
함께 걱정 없이 웃던 때로

잘 자라는 말 같던 사랑

입끝 코끝에 남은 사랑

나는 그냥 너에게만 가고 싶어

그때가 아니라 너에게로

  *거래비: 구매자의 일 년 치 슬픔

  *시나리오: 지푸라기를 잡는 심정으로 꺼내는 마지막 말

  *멜로디 맞춤 가사 변경 가능. 단, 제목 및 시나리오 유지함

세신사의 반란

오전도,
오후도
일주일도
일 년도
잠깐씩 죽으면서

그렇게 많은 몸을 문질러왔건만
어리고 작은 때들은 어디로 갔나
널브러진 의자를 주워 쌓는다

문득 영혼이 돌아오면
하수구로 흘러나가는 어느 때가 적기인 줄 모르겠어

내 몸을 닦을 기운이 없어
푹 쓰러져 자면 꾸는 악몽
평생 남의 몸만 닦다가 늙은 세신사가 되는

이 짓을 그만두기 어려워
귀에 물이 들어가고
오염된 물이 나를 불려도
이곳이 내게 어울리는 호스피스래

무엇이 평안인가 임종인가 구분할 수 없이
식혜 한 사발에 연명하며
유급(留級)과 종신형을 구걸하고
생에 감퇴해가며

겹겹이 쌓은 의자를 무너뜨린다
존엄사가 그립다

이동화폐

어떤 겨울은 영원히 좋은 기억으로만 따라다닐 것 같다. 아니면 가두고 싶어 했는지도 모르겠다. 어떤 기억이든 돌아가고 싶다는 생각만 안 하면 자유로워진다. 미래에 정말로 타임머신과 시간 이동규제가 생긴다면 마약보다 끔찍한 금단 현상에 마주할 우리를 상상해 본다. 그리고 사람들이 이곳저곳 돌아다니다 종래 한곳으로 정착하는 모습. 딱, 한 시절에만 의존하는 모습. 시절 아니면 계절 아니면 한 달 일주일 하루 어쩌면 찰나

타임머신 이용 규칙을 예상해 본다. 우선 시간, 장소, 사람 중 주요 이용 테마를 정해야 할 것이다. 자신이 무엇을 보고 싶은지 알아야 한다. 과거의 시대와 장소가 그리워 그곳으로 휴양치료 여행을 계획하는 이들도 생겨날 것이다. 일등 패키지는 단연 관계의 역사겠지. 특정인과 함께였던 나날을 죽 되돌려 경험하고 싶은 사람들이 줄지을 것이다

함께하고 싶은 사람과의 사진이나 많이 남겨야겠다. 훗날 사진이 없어서 기억하지 못하고 돌아오지 못할 수도 있으니까. 아직은 정해진 바 없는 이용 규칙상, 함께 찍은 사진이 있는 곳에만

돌아갈 수 있을지도 모르잖아. 우리가 만날 수 있는 모든 만일을 대비해볼까. 그런데 모든 흔적이 토큰이 된다면 난 지금부터 금단 현상에 시달릴지도 몰라. 누구든 그걸 바라지는 않을 거야

오래 가지리 다짐한 적 없던 사진은 자주 지워야겠다. 지나고 나니 동 시간대 플랫폼에서 마주친 NPC[2]에 불과했던 것들. 아무리 멋지다 한들 스쳐 지나는 대장간 대장장이 같은 이를 말이다. 내 핸드폰 드라이브에는 그런 쓸데없는 사진이 너무 많아. 이것들을 훑다가 길을 새지 않을 거야. 이 목표 의식이 내 목을 조일까. 난 한 곳에 갇히고 싶지는 않아. 그냥 아주 가끔 보러 가려 했어. 근데 왜 서운해지는 건 나일까

시공간이 정말로 자유로운 그런 날,
난 내가 가벼운 가방 하날 들고 서 있기를 바라

---

2 NPC(Non-Player Character): 게임 안에서 플레이어가 직접 조종할 수 없는 캐릭터. 상점 주인, 창고 관리인, 플레이어가 제거해야 할 몬스터(Monster)도 직접 조종할 수 없는 게임 내 캐릭터이므로 NPC에 포함할 수 있다.

울타리 그물을 해먹으로 쓰는 아이

공원 울타리 그물을 해먹으로 쓰는 아이를 봤다. 흙바닥를 등지고 하늘을 향해 첨벙첨벙 발장구를 치는 기분은 어떤 기분이니. 까끌거리는 바닥을 바다색으로 칠해줄까. 천정부지에서 내려다보는 눈살은 두피에 흙이 오염되지 않을까 참견하지. 아이는 아랑곳 않아. 숲속 아이 눈에는 〈하얀 건 구름, 파란 건 하늘〉두 심상만 담겨있을 거야. 그 기억이 저 아이 머릿속에 오래 남았으면 좋겠다고 생각했다

내 머릿속에 오래도록 선명하게 남는 기억은 할머니가 파마를 시켜줬는데 머리에 씌운 비닐이 창피해서 동네방네 북이 울려 퍼져라 울었던 일. 동네 사진관에서 머리카락을 질끈 올리고 찍고 싶지 않다고 떼쓰다 할아버지한테 꾸중 들었고, 결국 충혈된 눈으로 유치원 졸업 사진을 남긴 일. 매일 인사하던 마트 아저씨가 초등학교에 입학하고 새로 이사한 아파트에서 정육점 아저씨가 되어있던 일. 그때 그 아이는 어떤 여운을 느꼈길래 이토록 시시한 일들이 여태 함께하는지는 모르겠다. 더 자라면서 뇌리에 박힌 일들도 영문을 알아도 그만, 몰라도 그만인 이미지다. 수련회에서 복귀하는 날, 제법 일찍 도착한 빈집 소파

에서 부드러운 바람과 함께 홀로 잠이 든 일. 힘든 학교 교우관계를 털어놓기 위해 엄마랑 단둘이서 석양녘 갈대밭을 드라이브한 일. 전화로 아빠에게 말대꾸하다가 집에 가면 혼날까 봐 이모 집으로 미리 피신한 일. 다만 친척 아가를 너무 사랑해서 헤어질 때마다 울었던 일은 이제 그 이유가 잘 떠오르지 않는다

울타리 그물을 해먹 삼아 드러누울 수 없어
고개를 젖혀 사진을 찍는다
하얀 건 구름, 파란 건 하늘
청명한 숲속이 오래 남았으면 좋겠다

여수(餘壽) 위로

언제쯤 해명이 필요 없는 나이가 올까
용서는 편지처럼 구하고
잘못은 일기처럼 보듬고
순수한 마음은 덕담으로 보태주고
간 보는 마음은 적당히 물리치고
선한 마음은 티 나지 않아도 세심히 들여다보고
불순한 행동은 언젠가 스스로 깨닫겠거니 하는 법

아마 마지막은 할머니에게도 어려운 일일 거야
86년의 결벽증을 못 고치고 돌아가신 할아버지의 방이
여전히 깨끗한 것처럼

4부. 에필로그 - 보일러실

연말연시장터

시 장터가 열리는 연말연시
콘서트 티켓 예매율에 육박하는 낭송률

탄로가 상호작용하는 눈꽃축제에 오신 걸 환영합니다
우리 형은 시 흥정의 신
사랑의 배후는 마음일까 시련일까
형의 자선냄비엔 연고가 소복이

특선영화는 6월에 가을을 타고
12월에 여름을 타네
계절을 탈 능력이 모자라
채널만 돌렸던 작년 겨울

보일러실에서 중고로 쓸 만한 시를 수색하다
꺼진 펌프에 전제를 틀었다

함박눈이 내리더라도
유품을 팔지 말 것

형이 알려준 숙제였다

영화는 몇 시간 만에 들인 정을 끊어내는 일
동일한 배역
결말 없는 회차
수지맞는 그런 영화가 없어
영화 후기를 엮어 시집을 만든다

양산형 영화가 부티나게 팔리는 겨울의 낭떠러지
대사가 끊기는 고백들은 덜 화려하고
거추장스런 과거만 늘어놓지만

신파극이라는 악플에도
고쳐지지 않는 애드리브로
어느 누군가의 배후를 듣게 될 수도

그 애 구석의 보일러실을 넓힐 수도

이사 법칙

가끔은 너무 좋아서 원래부터 내 것이었나 싶은 것들이 있다. 기분을 들춰내고 낱낱이 해부할수록 그런 것들이어야 말로 신년 맞이 야간 개장 퍼레이드 같은, 더욱이 내 것이 아닌 것 같다

인생은 몇 가지 좋은 추억을 이고 그 힘으로 걸어가는 순례길이다. 우울할 때는 반대가 되기도 하지만 그땐 샛길로 빠져보자. 궁극적으로 우리가 향하는 길은 볕이 드는 곳이니 하늘을 올려다보면 어디서든 합류할 수 있다

지난 이사 때 없어진 것은 이사할 때 나타난다. 추억은 〈질레트의 이사 법칙〉 같은 게 아닐까. 원인과 분실을 바로잡으려 하면 부예지지만, 또 다른 추억을 만들 때쯤 돌아보면 좀 더 선명해진 본래 모습대로 내게 남는다

백팩에 우비 씌우는 거 잊지 않았지?

우리의 본업은 십 년 전 우리가 꿈꾸던 시간 그 자체
밤새 영화를 보고
꿈을 융통하다 나눠 먹고
새삼스러울 거 없이 한 옥상 마룻바닥에 눕는 일
해가 저물면 그게 늘 기다린다는 걸 기억해
비상식량은 여름방학
이고 가는 것과 신고 가는 것의 이몽
장화에 묻은 흙은 언제고 씻겨져 갈 부업이란다

키이우를 향한 묵념

검은 군화는
어떻게 살아야 하는가를 짓밟은
무엇을 지키고 있는가에 대한 질문이었다

어떤 행군은 야속하고
어떤 행진은 고개를 숙이며 춤을 췄고
어떤 행렬은 찢긴 발레 슈즈를
묶었다 신었다
묶었다 신었다 걷는 망망대해

통화량과 교통량의 살상 외나무다리
꽃은 죽음이 조준된 교량에
작은 살덩이로 꽃을 지키는 청년

애꿎은 어린 병사를 포로로 잡은
마을 사람들은 알고 있었다
우리는 우리 누구도 죽일 수 없다는 것을
나는 겪어보지 않은 전쟁인데도 눈물이 멈추지 않는다

이게 우리네 생이라는 게

우린 그저 한 가수를 좋아하던 친구였고
마스크를 쓰고 운 좋게 병에 걸리지 않던 아이들이었는데
그 아이와 더 이상 희망에 대해 이야기할 수 없었다

벽돌 가루가 산재한 부엌에
부서진 급수 밸브가 일으키는 범람
싱크대 위의 꿋꿋이 부양한 백조는
우아하지 않게 검은 물을 마신다
검은 백조가 어느 국적의 금수인지 증명에 나설 자 누구인가
검은 백조와 같은 욕조에서 태어나 미안합니다
국명만 고쳐 쓰면 우리 모두를 대변하는 말이었다
고장 난 저울이 세상에 과다한 탓에

그들은 우리를 파시스트라 불러요
엄마, 무서워요
졸지에 전범 국가의 병사가 된 아이도 우리 친구였다

우린 그저 한 가수를 좋아했던 친구였고
마스크를 쓰고 운 좋게 병에 걸리지 않던 아이들이었는데
그 아이와 더 이상 달아날 미래에 대해 이야기할 수 없었다

불과 며칠 전까지 삶은 계속된다고 믿게 한 노래를
우리가 사랑한 그 가수의 디스코 팝을
편히 부를 수 있는 이가 없었다

하얀 갈매기가 조카에게 들려주던 호두까기 인형[3]
이를 검은 백조가 좀먹게 하니,
갈매기는 죽어서도 고국으로 돌아가지 않고 기도하지
네 귀는 나의 노래를 영영 듣지 못하도록 멀게 되리
네 깃털은 어디에도 머물 곳이 없고
네 골분은 나치의 유언으로 남으리

나의 거실에는 유세가 아닌 묵념이 나오길 바랐고
투표용지 한 장에 질문을 기표하고 싶었다
무엇을 지킬 것인가

어떤 안심도 위로도 없는 아침에
평범한 한 아시안 아이가 묵념한다
비창을 연주한 대가는 유서가 되고,
트럼펫 소리 너머에 다시 이브의 왈츠가 울리기를

---

3 호두까기 인형: 러시아 작곡가인 차이코프스키의 3대 발레곡 중
하나로, 소녀 '클라라'가 크리스마스 이브 파티에서 호두까기 인형을
선물 받으면서 진행되는 이야기

더는 우리네에게 부를 수 없는 노래가 생겨나지 않기를

사람은 죽어서 별이 되고 나는 그걸 믿고 살아왔다

어렸을 때 교육이 중요하다는 것을 몸소 느낀 적이 있다. 우리
도 모르는 사이에 어렸을 적 기억이 인생의 배경으로 묵직하게
지탱하고 있다

-

할아버지의 엄마, 증조할머니를 우리집에서는 '노할머니'라고
불렀다. 할머니보다 더 연장자라는 뜻에서 아마 그렇게 지어졌
던 것 같다. 어린 손주가, 조카가, 내 아이가 쉽게 증조할머니를
부르도록 하기 위함이었다. 유치원 아이가 노할머니의 노자가
무얼 의미하는지 알 리 없었다. 초등학교 입학 직전까지도 노할
머니가 할아버지의 어머니를 부르는 호칭인 줄 알았다

이름 덕분인지 나와 또래 친척들은 노할머니를 아주 좋아했다.
그냥 평범한 할머니와 달랐다. 평범한 외할머니도 우리는 사랑
했지만, 노할머니는 더욱 사랑을 드려야 할 것 같은 특별함이
있었다. 게다가 살집이 없어 들어가고 나올 때가 확실히 구분된
조그맣고 입체적인 얼굴도 그랬다. 뭔가 비밀을 가지고 계실 것
같은 할머니. 96세에도 늘 백발의 긴 머리를 또아 묶으신 아리
따운 모습이었다

노할머니는 고운 모습과 다르게 거쳐온 세월이 눈앞을 덮쳐 꼼짝 못 하듯 거동이 느렸다. '피아노 방'은 노할머니가 계실 때나 안 계실 때나 왠지 고결하고 신비스러웠다. 노할머니는 거의 피아노 방에 계셨는데, 노할머니 방에 피아노가 있어서 노할머니가 돌아가시고 나중에서야 그렇게 불렸다

노할머니의 죽음은 생애 첫 비극이었다. 엄마 아빠 양가의 할머니, 할아버지가 살아계신다는 게 당연한 나이였다. 심지어 할아버지의 엄마와도 시간을 보낼 수 있다니 타고난 행운이었고, 엄청난 행복이었다. 그런데 노할머니가 돌아가시고 7살 아이는 아차 싶었다. 이게 행복이 아니라 혹시 벌이면 어쩌지 하고. 양가 할머니, 할아버지가 살아계신다는 것. 그럼 나는 앞으로도 네 번의 떠나보냄을 맞아야 하겠구나. 우리집에는 노할머니가 계신다 의기양양했는데 할머니 할아버지만 있는 친구들보다 내가 더 가졌다는 생각은 착각이었구나. 노할머니와의 이별은 이제 이별하는 삶이 시작됐다고, 마음 단단히 먹으라고 위협적으로 울려대는 알람이었다

다신 만질 수도, 볼 수도 없었다. 노할머니 방에는 늘 깔려있던 이불만 남아있었다. 엄마와 아빠, 할머니와 할아버지를 피해 노할머니의 방에 들어갔었다. 그때마다 노할머니는 나를 위해 숨겨놓았다는 듯 색깔이 다양한 동그란 사탕과 새우깡을 꺼냈다.

더는 어른들의 눈을 피해 노할머니와 이야기할 공간이 없었다. 반딧불이 사는 것 같던 방이 어쩌면 그렇게 야윈 잎들과 부러질 것 같은 나뭇가지가 갑자기 잘 보이는지 창밖으로 그림자만 가득했다

첫 영원한 이별을 겪으며 눈이 충혈된 조카에게 젊은 이모는 무엇인가 해야 했다. 그것이 자신의 마음을 추스르고 달래는 한 방법이기도 했을 것이다. 이모가 정확히 언제 어디서 이 말을 해줬는지는 기억이 나질 않는다. 장례식장은 아니었던 것 같으니 장례가 지나지 얼마 안 된 어느 밤이었다

　— 사람은 죽으면 별이 된대. 저기 어디에 할머니 별이 있을 거야

　— 진짜? 여기서 볼 수 있어?

　— 그럼, 볼 수 있지. 우리 눈에 반짝하고 보이는 별이 노할머니 별이야. 어디 별이 가장 반짝거리지?

　— 음, 저거?

— 반짝거릴 때마다 노할머니가 우릴 보고 계신다고 대답
하는 거야. 노할머니는 별이 돼서 늘 밤에 떠. 그니까
보고 싶으면 잘 때 꿈으로 와주실 거야

별에 할머니를 불러볼 수 있다는 것. 별에 소원을 비는 것. 밤
하늘을 가만히 들여다보면 왠지 모를 애틋함을 느끼는 것. 누
군가가 죽으면 별이 된다는 것. 나도 모르는 사이에 나를 지탱
하고 있던 나의 삶 자체였다. 나는 그 위로를 너무 당연한 순리
처럼 믿고 의지해왔다

-

이렇게 20년은 더 지나 기억을 더듬고 그 믿음의 근원지를 찾
았다. 삶을 셈하느라 노할머니와 지내던 시절이 중요했고, 그
순간이 꽤 길고 진했다는 사실을 잊고 지내는 나이였다

그 시절은 이제 인생의 저 앞부분에 있었던 짧은 순간이 됐다.
지금은 어렸을 적 충격에서 나온 깨달음과 조금 다른 시선을
걷는다. 그때 이후로 나는 양가 할아버지들을 보내면서 두 번
의 영원한 이별을 더 겪었다. 하지만 유일한 이별은 아니었다.
죽음으로서의 영원한 이별보다 세상 속 잘고 따가운 이별이 더
오랠 것 같던 날도 잦았다. 이별은 그냥 때가 되면 찾아오는 거

라는 진짜 순리를 다짐처럼 가슴에 박았다

삶이 치이고 힘들 때 밤하늘을 보라더니. 오늘 밤 별을 보고 드
는 옛 생각이 정말 위로가 된다. 할머니의 귓속말이 날 안아주
는 것 같다. 앞으로도 이별은 계속되겠지만 그렇다고 만남을 원
망할 수는 없다. 노할머니 덕분에 나는 90년대를 상기시키는
알사탕을 기억하는 사람이 됐다. 노할머니 덕분에 아무도 없는
방에 피아노가 더 크게 울린다는 것을 알았다. 옛날 옛적 그녀
의 얼굴을 보고, 이야기를 듣고, 손을 잡을 수 있었던 것은 나
의 마음이 100년을 더 품을 수 있었던 행운이고 축복이었다

작가의 말

문학과는 거리가 먼 투박한 일을 해왔다. 예를 들면 국회 기사 작성, 공문서 작성, 사업기획, 예산관리 등 리듬을 지운 말로 하는 일. 틀 안에서 조작해야 하는 일에 익숙해져 손에 든 것이 키보드 자판이든 카메라든 자유롭게 가지고 노는 일이 어려워지고 있었다. 그렇다고 아주 좋아하지 않았던 것도, 보람이 없었던 것도 아니다. 〈세신사〉처럼 더럽게 뿌듯하게, 즐겨야 살 수 있었으니까. 이왕 하는 일이면 최선의 결과물을 얻고 싶은 욕심도 부렸다. 경력은 뒷배였다

시집을 내는 건 이상했다. 무경력에 완벽하지 않아도 어서 꺼내고 싶은 본질이었다. 특히 첫 작품을 낸다면 참 쉬운 단어들로 이루어진 이 글들이어야 했다. 평생 한 번뿐인 신인상처럼 평생 사랑하고 싶은 책을 내고 싶었다. 어른들과도 초등학생들과도 함께 읽을 수 있는 이야기를

요즘 인성교육에 관심이 많다. 교육학 전공으로 대학원을 알아보고 있다. 되바라지고 싶지 않던 내게 늘 궁금했던 학문이자, 우리 미래인 아이들에게 가르쳐주고 싶은 시야였다. 하지만 알다시피

배우는 것 하나하나에도 현실과 타협해야 하는 것이 많다. 적성 혹은 취업을 고려한 전공선택, 학자금, 근무 공백기 등. 이로 인해 피치 못하게 사정이 바뀌면 또 그 안에서 최선을 선택해보겠다. 무엇이 됐든 〈세신사의 반란〉처럼 존엄사의 길을 추구할 것이다

내로라하는 편집자들이 품에 꽂지 않은 책이 내 생애 베스트셀러에 오르는 일은 희박할 것이다. 베스트셀러들과 비교하면 제목도 참 투박하고 끌리지 않는다. 그런데도 세상에 나온다. 그런데도 계속 쓰고 싶을 것 같다. 계속 위로를 전파하고 싶다. 나의 위로를 품에 꽂은 이들과 한자리에 모여 이야기할 수 있는 날을 기다리며 말이다

우리가 만날 날에 행운을 빈다

Nous aurons de la chance

두려운 일이 시작된다. 뭐, 행운도 자기만족에서부터죠